KB086139

두 파산

아시아에서는 《바이링궐 에디션 한국 대표 소설》을 기획하여 한국의 우수한 문학을 주제별로 엄선해 국내외 독자들에게 소개합니다. 이 기획은 국내외 우수한 번역가들이 참여하여 원작의 품격을 최대한 살렸습니다. 문학을 통해 아시아의 정체성과 가치를 살피는 데 주력해 온 아시아는 한국인의 삶을 넓고 깊게 이해하는 데 이 기획이 기여하기를 기대합니다.

Asia Publishers presents some of the very best modern Korean literature to readers worldwide through its new Korean literature series 〈Bilingual Edition Modern Korean Literature〉. We are proud and happy to offer it in the most authoritative translation by renowned translators of Korean literature. We hope that this series helps to build solid bridges between citizens of the world and Koreans through a rich in-depth understanding of Korea.

바이링궐 에디션 한국 대표 소설 **102**

Bi-lingual Edition Modern Korean Literature 102

Two Bankruptcies

염상섭
두 파산

Yom Sang-Seop

ASIA
PUBLISHERS

Contents

두 파산

Two Bankruptcies

1

"어머니, 교장 또 오는군요."

학교가 파한 뒤라 갑자기 조용해진 상점 앞길을, 열어 놓은 유리창 밖으로 내다보고 등상에 앉았던 정례가 눈살을 찌푸리며 돌아다본다. 그렇지 않아도 돈 걱정에 팔려서 테이블 앞에 멀거니 앉았던 정례 모친도 저절로 양미간이 짜붓하여졌다. 점방 안에는 학교를 파해 가는 길에 공짜 만화를 보느라고 아이들이 저편 구석 진열대에 옹기종기 몰려 섰다가, 교장이라는 말에 귀가 번쩍하였는지 조그만 얼굴들을 쳐든다. 그러나 모시 두루마

1

"Here comes Mr. Principal again, Mother," Jeong-rye said, turning around and frowning. She was sitting on a wisteria chair by the open window, watching the street, which had fallen silent with the end of the school day.

Her mother also grimaced from behind the table, where she sat worrying about money. The kids, who were huddled near the corner display, reading comic books for free, started at the word "principal." They exchanged glances and giggled, though, when a portly old man wearing a long ramie top-

기 자락을 펄럭이며 우둥퉁한 중늙은이가 단장을 짚고 쑥 들어서는 것을 보고, 학생 아이들은 저희끼리 눈짓을 하고 킥킥 웃어버린다. 저희 학교 교장이 온다는 줄 알았던 모양이다.

"어째 이렇게 쓸쓸하우?"

영감은 언제나 오면 하는 버릇으로 상점 안을 휘휘 둘러보며 말을 건다.

"어서 옵쇼……. 아침 한때와 점심 한나절이 한참 붐비죠. 지금쯤이야 다 파해 가지 않었에요."

안주인은 일어나지도 않고 앉은 채 무관히 대꾸를 하였다. 교장은 정례가 앉았던 등상을 내어주니까 대신 걸터앉으며,

"딴은 그렇겠군요. 그래도 팔리는 거야 여전하겠죠?"

하고, 눈이 저절로 테이블 위의 손금고로 갔다. 이 역시 올 제마다 늘 캐어묻는 말이지마는, 또 무슨 딴 까닭이 있어서 붙이는 수작 같아서 정례 어머니는,

"그야 다소 들쭉날쭉이야 있죠마는, 원 요새 같어서는……."

하고, 시들히 대답을 하여준다.

"어쨌든 좌처가 좋으니까…… 하루에 두어 번쯤 바쁘

coat walked in with a cane. It wasn't their school principal.

"How come business is so slow?" he said, glancing around the shop, like he always did.

"Welcome," Jeong-rye's mother said without rising. "It's brisker in the mornings and at lunch time. Almost all of them would have gone home by this time."

He took the wisteria chair offered by Jeong-rye. "I suppose you're right. Anyway, business must be steady these days, isn't it?" His eyes wandered toward the cash box on the table, as usual. He asked the same questions on every visit. But Jeong-rye's mother, probably sensing that he was up to something, was more diffident than usual. "The income is not as good these days. Things are a little—"

"Anyway, this is a good location. Where can you find a business like this? You have to bustle about only in the morning and at lunchtime and can sit back for the rest of the day, and you still earn enough to feed a family of five. I don't see why you are buried in debt."

Jeong-rye, who despised him, pulled a face, as if to say, no thanks for your concern.

"Things are sold little by little each day, but they

고, 편히 앉아서 네다섯 식구가 뜯어먹구 살면야, 아낙네 소일루 그만 장사가 어디 있을까마는, 그래 그러구 두 빚에 쫄리다니 알 수 없는 일이로군."

왜 그런지 이 영감이 싫고 멸시하는 정례는, '누가 해 달라는 걱정인감!' 하는 생각에 입이 삐쭉하여졌다.

"날마다 쏠쏠히 나가기야 하지만, 원체 물건이 자[細]니까 남는 게 변변해야죠."

여주인은 또 마지못해 늘 하는 수작을 뇌었다. 그러나 오늘은 이 영감이 더 유난히 물건 쌓인 것이며, 진열장에 늘어놓은 것을 눈여겨보는 것이었다. 정례 모녀는 그 뜻을 짐작하겠느니만큼 더욱 불쾌하였다.

여기는 여자 중학교와 국민학교가 길 건너로 마주 붙은 네거리에서 조금 외진 골목 안이기는 하나, 두 학교를 상대로 하고 벌인 학용품 상점으로는 그야말로 좌처가 좋은 셈이다. 원체는 선술집이었다든가 하는 방 한 칸 달린 이 점방을 작년 봄에 8천 원 월세로 얻어가지고, 이것을 벌이고 앉을 제, 국민학교 안에는 벌써 매점이 있어서 어떨까도 하였으나, 여학교만은 시작하기 전부터 아는 선생을 세워 놓고, 선전도 하고 특약하다시피 하였던 관계인지, 이때껏 재미를 보는 편이지, 이 장

don't bring in much profit because they are just small items," her mother said, repeating her usual excuse.

But the old man seemed to study the merchandise on display more carefully than usual, ruffling both mother and daughter, who knew what was coming.

The store sat in an alley, a short distance from the intersection where a girls' middle school and an elementary school faced each other across the road, a good location for a stationery shop that catered to students from the two schools. The store, with an attached room, was originally a tavern. They had rented it last spring at 8,000 *won* per month. There was competition from a small store in front of the elementary school; but business wasn't bad, overall, because they advertised and managed to set up exclusive deals with the help of a teacher from the girls' school.

"I would have wanted to pay you two months' interest, but I don't have enough, so please accept a month's interest to cover our arrears for now," Jeong-rye's mother said, opening the cash box with a clank and expertly counted out some hundred-*won* notes.

샛속으로만은 꿀리는 셈속은 아니다.

"이번에 두 달 셈을 한꺼번에 드리겠더니 또 역시 꿀립니다그려. 우선 밀린 거 한 달치만 받아 가시죠."

정례 어머니는 테이블 위에 놓인 손금고를 땡그렁 열고서 백 원짜리를 척척 센다.

"이번에는 본전까지 될 줄 알았는데, 이자나마 또 밀리니…… 장사는 깔축없이 잘되는데, 그 원 어째 그렇단 말씀유?"

하며, 영감은 혀를 찬다. 저편에서 만화를 보며 소곤거리던 아이들은 교장이라던 이 늙은이의 본전이니 변리니 하는 소리에 눈들이 휘둥그레서 건너다본다.

"7천5백 원입니다. 세보십쇼. 그러니 댁 한 군델 세야 말이죠. 제일 무거운 짐이 아시다시피 김옥임이네 10만 원의 1할 5부, 1만 5천 원이죠. 은행 조건 30만 원의 이자가 또 있죠……. 기껏 벌어서 남 좋은 일 하는 거예요. 당신에게 이자 벌어드리고 앉았는 셈이죠."

영감은 옆에서 주인댁이 하는 말은 귀담아듣지도 않고 골똘히 돈을 세더니, 커다란 검정 헝겊 주머니를 허리춤에서 꺼내서 넣는다. 옆에 섰는 정례는 그 돈이 아깝고 영감의 푸둥푸둥한 넓적한 손까지 밉기도 하여 가

"I thought you would be paying back the principal by this time, but the interest payment is behind schedule as usual. It's business as usual, so what's the problem?" The old man said, clicking his tongue.

At the mention of "principal" and "interest," the children reading comics whispered among themselves, looking in surprise at the old man, who had been called "Mr. Principal."

"This is 7,500 *won*. Please count it. I know what you want, but you're not the only one we're paying back. The most burdensome is our 100,000 *won* debt to Kim Ok-im, with an interest rate of 15 percent, or 15,000 *won*. Besides, we have to pay the bank interest for the 300,000 *won* we borrowed. Everything we make from the shop goes to other people's pockets. We are barely making enough to pay off the interest."

Ignoring the litany, the old man counted the money and placed it in a black cloth pouch he kept at his waist. Jeong-rye looked angrily at his pudgy hand, hating to see the money go.

"All right then. When should I drop by to collect this month's interest? I need some money urgently, so you'll have to pay back the principal, too," he

만히 내려다보고 있으려니까,

"그래, 이달치는 또 언제쯤 들르리까? 급히 내가 쓸 데가 있으니까 아무래도 본전까지 해주어야 하겠는데……."

하고, 아까와는 딴판으로 퉁명스럽게 볼멘소리를 하였다. 만화를 들여다보던 아이들은 또 한 번 이편을 건너다본다.

부옇고 점잖게 생긴 신수가 딴은 교장 선생 같고, 거기다가 양복이나 입고 운동장의 교난에 올라서면 저희들도 꿈질하려니 싶은 생각이 드는데, 이잣돈을 받아 넣고 나서도 또 조르고 투덜대는 소리를 들으니, 설마 저런 교장이 어디 있으랴 싶어서 저희들끼리 또 눈짓을 하였다.

"되는 대로 갖다드리죠. 하지만 본전은 조금만 더 참아주십쇼. 선생님 같으신 어른이 돈 5만 원쯤에 무얼 그렇게 시급히 구십니까."

정례 어머니는 본전을 해내라는 데에 얼레발을 치며 설설 기는 수작을 한다.

"아니, 이자 안 물구 어서 갚는 게 수가 아니겠나요?"

"선생님두 속 시원한 말씀을 하십니다."

said without mincing words. The children looked at him again and exchanged glances, unable to believe that the fair-skinned gentleman who would indeed have passed for a respectable school principal if he had stood on a podium in a suit, would keep badgering the woman even after taking her money.

"Please don't worry, we'll certainly pay it off. But give us more time with the principal. What pressing need could someone like you have for 50,000 *won*?" Jeong-rye's mother tried to humor him to get him to ease his demands.

"Don't you think it's better to pay it back in full without incurring interest?"

"I wish I could. You make it sound so easy." Jeong-rye's mother laughed in obvious dismay.

He lit a cigarette and moved on to another topic, instead of getting to his feet. "By the way, did Mrs. Kim Ok-im speak to you?"

"Why, what did she tell you?" Jeong-rye's mother frowned.

"Well, she asked me to collect the 200,000 *won* you owe her to cover her debt to me. Have you agreed?"

"Mr. Principal!" Jeong-rye cut in as though she

정례 어머니는 기가 막혀 웃어 보인다.

"참, 그런데 김옥임 여사가 무어라지 않습니까?"

그만 일어설 줄 알았던 교장은 담배를 붙이며 새판으로 말을 꺼낸다.

"왜, 무어라구 해요?"

정례 모녀는 무슨 말이 나오려는지 벌써 알아채고 입이 삐쭉들하여졌다.

"글쎄, 그 20만 원 조건을 대지르구 날더러 예서 받아 가라니 그래 어떻게들 이야기가 귀정이 났지요?"

영감의 말이 떨어지기가 무섭게 정례는 잔뜩 벼르고 있었던 듯이 모친의 앞장을 서서 가로 탄한다.

"교장 선생님! 그따위 경위 없는 말이 어디 있에요? 그건 요나마 우리 가게를 판 들어먹게 하구 말겠단 말이지 뭐예요!"

하고, 얼굴이 발끈해지며 눈을 세로 뜬다.

"응? 교장이라니? 교장은 별안간 무슨 교장…… 허허허……"

영감은 허청 나오는 웃음을 터뜨리며 저편 아이들을 잠깐 거들떠보고 나서,

"글쎄, 그러니 빤히 사정을 아는 터에 이럴 수도 없고

18

had simply been waiting for an opening. "How can you talk such rubbish? So you want to take over this store, is that it?"

"Mr. Principal? Is that how you call me?" He burst out laughing. He glanced at the children in the corner before continuing. "I'm at a loss what to do knowing the situation you're in..."

It was Ok-im who told them that the old man had served as a principal for a long time at a rural elementary school before Korea was liberated from Japan. Not knowing his real name, mother and daughter had taken to calling him that name. He seemed embarrassed to hear the title spoken in the presence of children now that he was in the less dignified occupation of money lending.

"It's simple. Get the money she owes you from her," Jeong-rye said sharply before her mother could answer.

"Stop interfering," she told Jeong-rye, before turning back to the old man. "I had already told you it's impossible, so why do you bring it up again?"

"But Mrs. Kim said you agreed. Didn't you?" He appeared to be siding with Ok-im to get the 200,000 *won* from them.

"Nonsense," Jeong-rye's mother said with a snort.

저럴 수도 없고……."

하며, 말끝을 어물어물해버린다. 이 영감이 해방 전까지 어느 시골선지 오랫동안 보통학교 교장 노릇을 하였다는 말을 옥임에게서 들었기에 이 집에서는 이름은 자세히 모르고 하여 교장 교장 하고 불러왔던 것이 입버릇으로 급히 튀어나온 말이나, 고리대금업의 패를 차고 나선 지금에는 그것을 내세우기도 싫고, 더구나 저런 소학교 아이들 앞에서는 창피한 생각도 드는 눈치였다.

"교장 선생님이 이럴 수도 없구 저럴 수도 없으실 게 뭐예요? 그 아주머니한테 받으실 건 그 아주머니한테 받으십쇼그려."

정례는 또 모친이 입을 벌릴 새도 없이 풍풍 쏘아준다.

"앤 왜 이러니!"

모친은 딸을 나무라놓고,

"그렇겐 못하겠다구 벌써 끝낸 말인데 또 왜 그럴꾸?"
하며, 말을 잘라버린다.

"아, 그런데 김씨 편에서는 댁에서 승낙한 듯이 말하던데요?"

영감의 말눈치는 김옥임이 편을 들어서 20만 원 조건

"She must think me stupid to fall for her ploy."

The 200,000 *won* they owed Ok-im worried them night and day and was enough to make them lose their appetite. It had all begun when Mrs. Kim offered to invest 100,000 after they had opened the shop, smelling an opportunity for profit. Since then, they had already paid her double the amount she had invested, but still owed her 220,000 *won*, including the principal and accumulated interest.

2

Jeong-rye's mother had gone to much trouble to borrow 300,000 *won* from the bank, persuading her husband to place their house as collateral. She had used 230,000 *won* as capital for the business, not counting incidental expenses. In addition to the 80,000 deposit and a monthly rent of 8,000 *won* for the shop, she spent around 60 or 70 thousand on a table, three display racks, and decorations. She then spent less than 100,000 *won* on the initial inventory.

But as their customers increased, so did their needs, and they wanted to start selling bread and cookies during lunch time and items like embroidery frames and thread for craft projects at the

인가를 여기서 받아내려는 생각인 모양이다.

"딴소리! 내가 아무리 어수룩하기루 제 사패만 봐주구 제 춤에만 놀까요?"

정례 어머니는 코웃음을 쳤다.

김옥임이의 20만 원 조건이라는 것이, 요사이 이 두 모녀의 자나깨나 큰 걱정거리요, 그것을 생각하면 밥맛이 다 없을 지경이지마는, 자초(自初)는, 정례 모녀가 이 상점을 벌이고 나자, 장사가 잘될 성부르니까 김옥임이가 저도 한몫 끼자고 자청을 하여 10만 원을 들여놓고 들어왔던 것이다. 그리고 그 가지고 들어온 동사(同事) 밑천 10만 원의 두 곱을 빼가고도 또 새끼를 쳐서 오늘에 와서는 22만 원까지 달라는 것이다.

2

정례 모친은 남편을 졸라서 집문서를 은행에 넣고 천신만고하여 30만 원을 얻어가지고, 부비 쓰고 당장 급한 것 가리고 한 나머지 이십이삼만 원을 들고 이 가게를 벌였던 것이었다. 8천 원 월세의 보증금 8만 원은 말 말고라도 점방 꾸미고 탁자 들이고 진열대 세 채 들여

girls' school. They were barely able to eke out a living because the thin margins on the goods they sold every day brought just a trickle of profit, rather than a flood of money.

It was at this time that Kim Ok-im made her offer to invest. Although Jeong-rye's mother was loath to enter the partnership—they hardly made enough for themselves from the small concern—the pressures of the moment forced her to accept the offer and she received 100,000 from the woman in two equal installments.

But it was a partnership in name only. It was really more like loan sharking, exacting an usurious interest of 20 percent. Ok-im was too busy with her money-lending business to be of much help in the shop; all she did was visit every evening, or every other evening, and go over the books. This arrangement suited mother and daughter; otherwise, she would likely have driven them mad with nagging. Either way, she always collected 20,000 *won*, or around one-third of their profits, at the end of each month. The usual interest rate was 10 percent on collateral and 15 percent on credit, but she was making 20 percent, or a little less, off the partnership. Ok-im was initially skeptical about the small

놓고 하기만도 육칠만 원 들었으니, 갖다놓은 물건이라 야 10만 원 어치도 못 되는 것이었다. 그러나 학생 아이들이 차츰 꾀게 될수록 찾는 것은 많아가고 점심때에 찾는 빵이며 과자라도 벌여놓고 싶고, 수(繡)실이니 수틀이니 여학교의 수예(手藝) 재료들도 갖추갖추 갖다놓고는 싶은데, 매일 시내로 팔리는 것을 가지고는 미처 무더기 돈을 돌려 빼내는 수도 없는데, 쫄끔쫄끔 들어오는 그 돈 중에서 조금씩 뜯어서 당장 그날그날 살아가야는 하겠으니, 자연 쫄리는 판에 김옥임이가 한 다리 걸치자고 덤비니, 동사란 애초에 재미없는 일이거니와, 요 조그만 구멍가게를 동사로 해서 뜯어먹을 것이 무에 있겠느냐는 생각도 없지 않았으나, 당장에 아쉬우니 5만 원씩 두 번에 질러서 10만 원 밑천을 받아들였던 것이었다. 그러나 말이 동사지 2할(二割) 넘어의 고리(高利)로 10만 원 빚을 쓴 거나 다름없었다. 빚놀이에 눈이 벌게 다니는 옥임이는 제 벌이가 바빠서도 그렇겠지마는, 하루 한 번이고, 이틀에 한 번, 저녁때 슬쩍 들러서 물건 판 치부장이나 떠들어보고 가는 것밖에는 별로 거드는 일도 없었다. 실상은 그것이 쌩이질[1]이나 하고 부라퀴[2]같이 덤비는 것보다는 정례 모녀에게는 편

payments, but figured it was better to collect these amounts regularly than to demand higher payments. In fact, though, she had made almost 200,000 *won* over nine months—when she suddenly said she wanted her investment back.

That wasn't the only blow to the business. The winter before, Jeong-rye's father, tired of getting only pocket money from what the shop brought in, had sold off what remained of the rice paddies he had inherited, driven in part by the unfavorable term of 3:7 for sharecroppers and the additional cost of taxes and fertilizer. Instead he bought a taxi, thinking he could make a killing after an unusually heavy snowfall suspended streetcars operations for several days. But there seemed to be a problem with his taxi every few days, so he kept borrowing money from the store for repairs—10,000 *won*, 20,000 *won*—without ever paying it back, although he always promised to.

It was probably when she saw this issue that Ok-im got cold feet and demanded out of the partnership at the beginning of the year. And it was true that the taxi business might eventually bankrupt the store, if things kept going wrong with it. They had welcomed the idea of her withdrawing from the

하기도 하였던 것이다. 하여튼 그러면서도 월말이 되면 이익의 3분지 1가량은 되는 2만 원 돈을 꼬박꼬박 따가 곤 하였다. 담보물이 있으면 1할, 신용 대부로 1할 5푼 변(邊)인데, 동사란 말만 걸고 2할, 2할이 안 될 때도 있었지마는 셈속 좋은 때면 2할 이상의 배당도 차례에 오니, 옥임이 생각에는 실속으로는 이익이 좀 더 되려니 하는 의심도 없지 않았으나, 그래도 별로 힘드는 일을 하는 것도 아니요, 가만히 앉아서 2할이면, 허구한 날 뺄뺄거리고 싸지르면서 긁어들이는 변리 돈보다는 나은 셈이라고 생각하였던 것이었다. 하여간 올 들어서 밑천을 빼어가겠다고 하기까지 아홉 달 동안에 20만 원 가까운 돈을 벌어갔던 것이다.

그러나 정례 부친이 만날 요 구멍가게서 용돈을 얻어다 쓰는 것도 못할 일이라고, 작년 겨울에 들어서 마지막 남은 땅뙈기를, 그야 예전과 달라서 삼칠제(三七制)[3]인 데다가 세금이니 비료니 하고 부담에 얽매이니까 그렇겠지마는, 하여간 아버지 천량으로 물려받은 것의 마지막으로 남은 것을 팔아가지고 연래에 없는 눈[降雪]이라고 하여, 서울 시내에서 전차가 사흘을 못 통할 동안에, 택시를 부르면 땅 짚고 기기라 하여, 하이어를 한

business, but had no way to give back her 100,000 *won*.

"Why don't you stop this losing business?" Ok-im would say whenever she came by to demand her 100,000 *won* over the winter break when there were few customers and sales were almost nonexistent.

Jeong-rye and her mother could only gape at the woman who threatened to pull the rug from under the shop, even as the shop kept their family of five alive in exchange for placing their house as collateral. Still, she persisted.

"Why don't you take your deposit and let someone else take over? You could probably get around 100,000 *won* for the furnishings and merchandise. Do you want me to help you find someone to buy you out?" She sounded determined to get her money back no matter what, or maybe she wanted to run the store herself. "If I wasn't so busy, I would have overhauled and expanded this business long ago to remedy the situation, but I'm a busy woman."

Her spiel sounded well rehearsed. With the floundering taxi business, she seemed more eager than ever to recover her investment, and was brazen enough to try harassing them to hand over the

대 사들여놓고 택시로 부려보았던 것이라서, 이것이 사흘돌이로 말썽을 부려 고장이요 수선이요 하고, 나중에는 이 상점의 돈까지 하루만 돌려라, 이틀만 참아라 하고, 만 원, 2만 원 빼내 가고는 시치미를 떼기 시작하니 점방의 타격은 의외로 큰 것이었다. 이 꼴을 본 옥임이는 에그머니나 하는 생각이 들었던지, 올 들어서부터 제 밑천은 빼내 가겠다는 것이었다. 사실 잘못하다가는 자동차가 이 저자 터까지 들어먹을 판인데, 별안간 옥임이가 빠져나간다니 한편으로는 시원하나 10만 원을 모개로 빼내 주는 도리가 없었다.

"이렇게 거덜거덜할 바에야 집어치우지."

겨울방학 때라, 더구나 팔리는 것은 없고 쓸쓸하기도 하였지마는, 옥임이는 날마다 10만 원 재촉을 하러 와서는 이런 소리도 하는 것이었다. 남은 집문서를 잡혀서 이거나마 시작해 놓고, 다섯 식구의 입을 매달고 있는 터인데, 제 발만 쓱 빼놓겠다고 이런 야멸찬 소리를 할 제, 정례 모녀는 얼굴을 빤히 쳐다보곤 하였다.

"세전 보증금이나 빼내구 뉘께 넘겨버리지? 설비한 것하구 물건 남은 것 얼러서 한 10만 원은 받을까? 그렇다면 내 누구 하나 지시해 줄까?"

business to her, and to take advantage of the school holidays. This enraged Jeong-rye and her mother.

"She was too cowardly to start the business on her own, and now that it was starting to take off, she wants to swoop down and take it, like a kite snatching a magpie's nest. What person in his right mind would give up this good location!" Jeong-rye would shake in anger.

"That's just the way it is. She couldn't be bothered unless she's sure to make money. Why else would she act like that?" her mother would add in disgust.

After putting up with her badgering for half a month, they had been forced to give her the receipt for their 80,000-*won* deposit on the shop as collateral and to convert her 100,000-*won* investment into debt at 15-percent interest. Ok-im of course had missed the twenty percent profit per month, but this arrangement had suited Ok-im overall. She had found it more convenient to collect the interest every month than worrying about the shop's profitability while she couldn't have seized the shop.

It was through her that mother and daughter had come to know Mr. Principal, who accompanied her on some visits. They had borrowed 50,000 *won*

이렇게 권하기도 하는 것이었다. 뉘께 넘기게 해서라도 자기가 10만 원만 어서 뽑아가려는 말이겠지마는, 어떻게 보면 10만 원에 이 점방을 자기가 맡아 잡겠다는 말눈치인 듯도 싶었다.

"내가 바쁘지만 않으면 도틀어 맡아가지고 훨씬 화장을 해 놓으면 이 꼴은 안 되겠지만, 어디 내가 틈이 있는 몸이어야지……."

이렇게 운자를 떼는 것을 들으면, 한 발 들여놓고 한 발 내놓는 수작 같기도 하였다. 자동차 동티로 밑천을 홀딱 집어먹힐까 보아서 발을 뺀다는 수작이다. 한편으로는 이렇게 한참 꿀리고, 학교들은 방학을 하여 흥정이 없는 이 판에, 번히 나올 구멍이 없는 10만 원을 해내라고 못살게 굴면, 성이 가시니 상점을 맡아가라는 말이 나오고 말리라는 배짱 같아 보이는 것이었다. 모녀는 그것이 더 분하였다.

"저의 자수로는 엄두도 안 나구, 남이 해 놓으니까 꿴듯싶어서, 솔개미가 까치집 채어들 듯이 이거나마 뺏어 가지고 저의 판을 만들어 보겠다는 것이지만, 첫째 이런 좋은 좌처를 왜 내놓을라구."

누구보다도 정례가 바르르 떨었다.

from him to re-establish the declining store at the start of a new semester.

But they no longer made anything from the husband's land, which had been sold off for the taxi, which itself cost them some 80,000 *won* in repairs from the shop's earnings, so in the end, all they achieved meanwhile was the 50,000 *won* they owed to Mr. Principal. It was almost impossible to pay interest to two or three lenders every month while prices continued to spiral and people were trying to save money by cutting down on school supplies. They always paid Ok-im last because of their ill feelings toward her. She had insisted on a 15-percent interest rate, skeptical that a deposit receipt would be as reliable as a house deed for collateral. This further embittered Jeong-rye's mother, and emboldened her to test the woman's patience rather than handing over the money to her without a fuss. Whether she was remorseful of her attitude or simply felt reassured now that she had the 80,000-*won* receipt as collateral, Ok-im's visits became more infrequent, and she no longer badgered them to pay her back when she did visit.

"The 15-percent interest is too high. I think I can pay you at the start of the new semester after sum-

"매사가 그렇지. 될성부르니까 뺏어 차구 앉겠지. 거 덜거덜하면 누가 눈이나 떠본다던!"

정례 모친은 코웃음을 치기만 하였다.

하여간 이렇게 졸리기를 반달 짝이나 하다가 급기야 8만 원 보증금의 영수증을 옥임에게 담보로 내주고, 출자금 10만 원은 1할 5푼 변의 빚으로 돌라매고 말았다. 옥임으로서는 매삭 2할 배당의 맛도 잊을 수 없었으나, 이왕 상점을 제 손으로 못 휘두를 바에는 이편이 든든은 하였던 것이다.

그러고도 정례 모친은, 옥임이와 가끔 함께 들러서 알게 된 교장 선생님의 돈 5만 원을 얻어가지고, 개학 초부터 찌부러져가던 상점의 만회책(挽回策)을 다시 세웠던 것이다. 그러나 땅뙈기는 자동차 바람에 날려 보내고, 자동차는 수선비로 녹여버리고 나니, 상점에서 흘러내간 칠팔만 원이라는 돈은 고스란히 떼버렸고, 그 보충으로 짊어진 것이 교장의 빚 5만 원이었었다. 점점 더 심해가는 물가에 뜯어먹고 살아야 하겠고, 내남직없이 종이 한 장, 연필 한 자루라도 덜 사갔지, 더 팔리지는 않으니, 매삭 두 자국 세 자국의 변리만 꺼가기도 극난이었다. 그러고 보니 자연 좋지 못한 감정으로 헤어

mer break, when I can make some money," said Jeong-rye's mother. "At that time, I expect to pay you back a month after selling the car; but how can I pay it off now when eight months have already passed since February? That's 80,000 *won* even if the interest rate is only 10 percent. Please give me a little discount."

While Jeong-rye's mother apologized and pleaded, Ok-im simply laughed and said lightly, "Maybe I will."

She resumed her harassment, though, when school started again. Finally, she told them to pay Mr. Principal 220,000, including the 120,000-*won* interest they had in arrears for eight months. She explained that she had borrowed 200,000 *won* from him urgently, and the principal plus 10-percent interest of 20,000 just happened to match what they owed her. Her beaming, middle-aged face looked mean and repulsive as she explained the happy coincidence. It appeared that she had purposely allowed their debt to balloon over the last eight months to match hers. Jeong-rye's mom was mute with anger at her deceit. At the same time, the mother's heart sank at the prospect of losing the shop and their house if things got worse.

진 옥임이한테 보낼 변리가 한두 달 밀리기 시작했던 것이다. 8만 원 증서가 집문서만큼 믿음직하지 못하다고 기어이 1할 5푼으로 떼를 써서 제멋대로 매놓은 것이 얄미워서, 어디 네가 그 이자를 긁어다가 먹나, 내가 안 내고 배기나 해보자는 뱃심도 정례 모친에게는 없지 않았다. 옥임이 역시 제가 좀 과하게 하였다고 뉘우쳤던지, 또 혹은 8만 원 증서를 가졌느니만큼 마음이 놓여서 그런지, 별로 들르지도 않으려니와, 들러서도 변리 재촉은 그리 아니하였다. 도리어 정례 어머니 편에서 변리가 밀려 미안하다는 말을 꺼내고 그 끝에,

"이 여름방학이나 지내고 개학 초에 한몫 보면 모두 내리다마는 원체 1할 5부야 과한 것이오. 그때 형편에는 한 달 후면 자동차를 팔아서라두 곧 갚겠거니 해서 아무려나 해둔 것이지만 벌써 이월서부터 여덟 달이나 됐으니 무슨 수로 그걸 다 내우. 1할씩만 해두 8만 원이구려. 어이구……한 반만 깎읍시다."

하고, 슬쩍 비쳐보면 옥임이도 그럴싸한 듯이,

"아무려나 좋도록 합시다그려."

하고 웃어버리곤 하였다. 그러던 것이 개학이 되자 이달 들어서 부쩍 재치면서 1할 5부 여덟 달치 변리 12만

She and Ok-im had known each other since they were kids in elementary school, and had both attended a women's college in Tokyo, going through many hardships together. Since Ok-im had already made around 200,000 *won* from the shop, while still retaining her 100,000 *won* invested, Jeong-rye's mother thought that her friend, greedy as she was, would not insist on collecting the accumulated interest at 15 percent. She chided herself for being naive enough to think Ok-im would accept a payment of only 160,000 *won*. She had planned to give her 60,000 *won* in interest that month and pay back the principal in two installments of 50,000 *won* each. She had been determined to settle what she owed her grasping friend, no matter what, before the start of winter break, even if they had to subsist on boiled millet and salted shrimp brine. Thus, Ok-im's suggestion seemed intended to drag her down just as she was trying to keep her head above water. It left her dispirited and reluctant to go on living. She had never owed money to anyone before she started the business, unable to count on her jobless husband. Now, her debt added up to 570,000 *won*: the bank's 300,000 *won*, Ok-im's 220,000 *won*, and Mr. Principal's 50,000 *won*. She could hardly sleep

원, 어울러서 22만 원을 이 교장 영감에게 치러달라는 것이다. 급한 조건으로 이 영감에게 20만 원을 돌려썼는데, 한 달 변리 1할에 2만 원을 얹으면 22만 원 부리가 맞으니, 셈치기도 좋고 마침 잘되었다고 생글생글 웃어가며 조르는 옥임이의 늙어가는 얼굴이 더 모질어 보이고 얄밉상스러워 보였다. 마치 22만 원 부리를 채우느라고 그동안 여덟 달을 모른 체하고 내버려두었던 것 같다. 정례 어머니는 기가 막혀 말이 아니 나왔다. 옥임이에게 속아 넘어간 것 같아서 분하였다. 그러나 분한 것은 고사하고 이러다가 이 구멍가게나마 들어먹고 집 한 채 남은 것마저 까불리지나 않을까 하는 생각을 곰곰하면 가슴이 더럭 내려앉는 것이었다. 소학교 적부터 한 반에서 콧물을 흘리며 같이 자라났고, 동경 가서 여자대학을 다닐 때도 함께 고생하던 옥임이다. 더구나 제가 내놓은 10만 원은 한 푼 깔축을 안 내고 20만 원 가까운 돈을 벌어주었으니, 아무리 눈에 돈동록[4]이 슬었기로 제가 설마 내게 1할 5푼 변을 다 받으려 들기야 하랴! 한 반절 얹어서 16만 원쯤 해주면 되려니 하는 속셈만 치고 있던 자기가 어리보기[5]라고 혼자 어이가 없어 실소를 하였다. 그러나 십오륙만 원이기로 한꺼번에

36

and sometimes thought about drinking caustic soda to end her life.

"I borrowed 100,000 *won* from her. She must have asked you to collect from me because she's afraid I might not pay her back. Well, please tell her I'd sooner die than default on my debt," she angrily told Mr. Principal.

It was rumored that Ok-im had made around a million *won* since she got into money lending, after Korea's liberation from Japan. The amount of money she had loaned out to various borrowers was now probably worth as much, a million *won*, so it made no sense that she would borrow 200,000 *won* from the old man. She might indeed be worried about them defaulting, but it seemed to be more of a scheme designed to compound their interest by converting the total 120,000 *won* in interest into yet another principal. A 15-percent interest rate on 100,000 *won* was only 15,000, but a principal of 200,000 with 10-percent interest would fetch 22,000 *won* a month, or 7,000 in added income.

"Why would she lie? We help each other when we cannot recoup our money. I myself could not afford to have 200,000 *won* tied up for a long time, so how do we go about this?" said Mr. Principal.

빼내는 수도 없으니, 이번에 변리 6만 원만 마감을 하고서 본전은 5만 원씩 두 번에 갚자는 요량이었다. 집안 식구는 조밥에 새우젓 꽁댕이로 우격대더라도 어떻든지 이 겨울방학이 돌아오기 전에 그 아니꼬운 옥임이 조건만이라도 끝을 내고야 말겠다고 이를 악무는 판인데, 이렇게 둘러대고 보니 살겠다고 기를 쓰고 기어올라가는 놈의 발목을 아래에서 붙들고 늘어지는 것 같아서 맥이 풀리고, 사는 것이 귀찮은 생각만 드는 것이었다. 평생에 빚이라고는 모르고 지냈는데 편편히 노는 남편만 바라보고 있을 수가 없어서 시작한 노릇이라서 은행에 30만 원이 그대로 있고, 옥임에게 22만 원, 교장 영감에게 5만 원, 도합 57만 원 빚을 어느덧 걸머지고 앉은 생각을 하면 밤에 잠이 아니 오고 앞이 캄캄하여 양잿물이라도 먹고 싶은 요사이의 정례 어머니다.

"하여간 제게 10만 원 썼으면 썼지, 그걸 못 받을까봐 선생님을 팔구 선생님더러 받아오라는 것이지만, 내가 아무리 죽게 돼두 제 돈 떼먹지 않을 거니 염려 말라구 하세요."

정례 어머니는 화를 바락 내었다. 해방 덕에 빚놀이를 시작해 가지고 돈 백만 원이나 착실히 잡았고, 깔려 있

Acting like he wanted to be helpful, he then suggested that they ask for his nephew's assistance. He offered to arrange for him to lend them 200,000 *won* at an interest rate of 10 percent for three months, in exchange for the balance of 20,000 *won* in cash and a guarantee bill for the loan. With Ok-im's complicity, the old man was trying to broker a debt swap with his nephew. Although Jeong-rye and her mother could only guess at what they were scheming, what was clear was that he wanted the debt settled within three months, with an extra 7,000 *won* in interest. But it was hard to see the point of him arranging a special interest rate of 10 percent for three months when there was no way for them to pay off 200,000 *won* in such a short time, especially with winter break, their leanest season in the shop, approaching. Jeong-rye's mother *won*dered why they were conspiring to persecute her family, but she managed to restrain her anger.

"Mr. Principal, stop fretting about Ok-im's money. It's not yours after all. Let her come here herself to collect it or take over this shop."

는 것만도 백만 원 이상은 되리라는 소문인데, 이 영감에게 20만 원 빚을 쓰다니 말이 되는 소린가. 못 받을까 애도 쓰이겠지마는 12만 원 변리를 본전으로 돌라매어 놓고 변리의 새끼 변리, 손자 변리까지 우려먹자는 수단인 것이 뻔한 노릇이었다. 10만 원에 1할 5푼이면 1만 5천 원밖에 안 되나, 22만 원으로 돌라매놓으면 1할 변만 해도 매삭 2만 2천 원이니 7천 원이 더 붙는 것이다.

"그야, 내 돈 안 쓴 것을 썼다겠소? 깔려만 있고 회수가 안 되면 피차 돌려두 쓰는 것이지마는, 나 역, 한 자국에 20만 원씩 모개 내놓고 오래 둘 수는 없으니까, 이렇게 하면 어떻겠소……?"

영감은 무척 생색을 내고, 이편 사폐를 보아서 석 달 기한하고 자기 조카의 돈 20만 원을 돌려주게 할 터이니, 다시 말하면 조카에게 20만 원을 1할로 얻어 쓸 터이니, 우수리 2만 원만 현금으로 내놓고 표를 한 장 써내라는 것이다. 옥임이는 이 영감에게로 미루고, 영감은 또 조카의 돈을 돌려쓴다고 표를 받겠다는 꼴이, 저희끼리 무슨 꿍꿍이속인지 알 수가 없으나, 요컨대 석 달 기한의 표를 받아놓자는 것이요, 그 사품에 7천 원

3

Ok-im did not show up for almost a week after that. They were relieved to be left in peace, because they had nothing to say and didn't want to get into a confrontation with her. Still, they felt uneasy knowing she could show up anytime to impose new conditions or pressure them.

One day, Jeong-rye and her mother were waiting for the bus at Hwangtohyeon Station when who should come walking in their direction but Ok-im, who stopped and tried to pick a fight with them.

"Well, how nice to see you here! I thought we had come to an agreement, so how dare you ask me to come over to your shop, or some such thing?"

"I know you are busy, but surely you could drop by," Jeong-rye's mother said, undaunted by the other woman's aggressive look.

She was about to step out of the line when Ok-im snapped at her. "So are you going to pay me back or not? Maybe you think you can get off the hook with that up-and-coming young husband of yours, but I'm not one to be fooled."

Ok-im was quite pretty, but the woman Jeong-rye's mother had known for three decades had dis-

변리를 더 받겠다는 수작이다. 특별히 1할 변인 대신에 석 달 기한이라는 조건을 붙이는 것도 무슨 계교 속인지 알 수가 없다. 석 달 동안에 20만 원을 만드는 재주도 없지마는, 석 달 후면 마침 겨울방학이 될 때니 차차 꿀려 들어가는 제일 어려운 고비일 것이다. 정례 어머니는 이 연놈들이 무슨 원수를 졌다고 이렇게 짜고서들 못살게 구는 것인가, 하는 생각에 한바탕 들이대고 싶은 것을 꾹 참으며,

"선생님께 쓴 돈 아니니, 교장 선생님은 아랑곳 마세요. 옥임이더러, 와서 조르든, 이 상점을 떠메어 가든 마음대로 하라죠."

하고 딱 잘라 말을 하여 쫓아 보냈다.

3

그 후 근 일주일은 옥임이의 그림자도 보이지 않았다. 정례 모녀는 맞닥뜨리면 말수도 부족하거니와 아귀다툼하는 것이 싫어서, 그날그날 소리 없이 넘어가는 것만 다행하나, 어느 때 달려들어서 또 무슨 조건을 내놓고 졸라댈지 불안은 한층 더하였다.

42

appeared behind her belligerent mask and fierce glare. "How come that husband of yours seems to be getting younger? You're beginning to look like his mother," she used to tease her, probably out of envy, as she herself had a husband more than 60 years old, who could be her father. Still, Jeong-rye's mother was bewildered that Ok-im should bring up her husband's youth in front of other people for no reason.

"So why don't you take a young lover if you're sick and tired of your old husband," she was tempted to say; but the other people in line were trading glances and sniggering, so she tried to pull Ok-im aside to calm her down and reproach her. "What has gotten into you? Have you gone mad?" she asked.

"Yes, I have! Do you really think I would let you take my money without a fight? You should be made to suffer horribly for trying to swindle me when I have to work like a dog just to buy medicine for my ailing old husband and support a large family. What have I done wrong? I tried to get you a better offer with lower interest, and instead of saying thanks you're trying to bilk me! You really are a thieving ingrate, aren't you?"

"웅, 마침 잘 만났군. 그런데 그만하면 얘기는 끝났을 텐데, 웬 세도가 그리 좋아서 누구를 오너라 가너라 하구 아니꼽게 야단야……."

정례 모친이 황토현 정류장에서 차를 기다리며 열 틈에 끼어 섰으려니까, 이리로 향하여 오던 옥임이가 옆에 와서 딱 서며 시비를 건다.

"바쁘기야 하겠지만 좀 못 들를 건 뭐구."

정례 모친은 옥임이의 기색이 좋지는 않아 보이나, 실없는 말이거니 하고 대꾸를 하며 열에서 빠져 나서려니까,

"그래, 그 돈은 갚는다는 거야, 안 갚을 작정야? 세도 좋은 젊은 서방을 믿고 그 떠세루 남의 돈을 무쪽같이 떼먹으려 드나보다마는, 김옥임이두 그렇게 호락호락 하지는 않어……."

원체 예쁘장한 상판이기는 하면서도 쌀쌀한 편이지마는, 눈을 곤두세우고 대드는 품이 어려서부터 30년 동안을 보던 옥임이는 아니다. 전부터 "네 영감은 어째 점점 더 젊어가니? 거기다 대면 넌 어머니 같구나" 하고 새롱새롱[6] 놀리기도 하고, 60이 넘은 아버지 같은 영감 밑에 쓸쓸히 사는 옥임이는 은근히 부러워도 하는 눈치

People had gathered around them to watch. Jeong-rye's mother had always been aware of Ok-im's hysterical streak, but she was still embarrassed that she should act so shamelessly in public. It wasn't plain hysteria, she suspected, but a ploy to get her to pay her debt.

"Who said I'm not paying? Money is important, but it doesn't have to come to this." Jeong-rye's mother tried to pacify the woman and drag her to an alley.

"Yes, all I want is money! What use do I have for dignity or friendship if I get thrown out into the streets the day after tomorrow? Just pay me back and I won't ever presume to speak to you, future Madam Minister," Ok-im said with a snort.

More people gathered to watch. Jeong-rye's mother felt giddy, her heart pounding, because of a feeling of humiliation, the first in her life. Afraid to suffer more embarrassment, she turned quickly and ran toward the alley. There was no sound of foot-step behind her, and she knew she had lost Ok-im.

Jeong-rye's mother felt her eyes well up. Until she was 26 or 27 years old, Ok-im had led a care-free life in Tokyo, dabbling in the new women's movement, indulging in love affairs, and the like.

였지마는, 밑도 끝도 없이 길바닥에서 '젊은 서방'을 들추어내는 것을 보고 정례 어머니는 어이가 없었다.

"늙은 영감에 넌더리가 나거든 젊은 서방 하나 또 얼으려무나."

하고, 정례 모친도 비꼬아주고 싶었으나 열을 지어 섰는 사람들이 쳐다보며 픽픽 웃는 바람에,

"이거 미쳐나려나? 이건 무슨 객설야."

하고, 달래며 나무라며 끌고 가려 하였다.

"그래, 내 돈을 곱게 먹겠는가 생각을 해보렴. 매달린 식솔은 많구, 병들어 누운 늙은 영감의 약값이라두 뜯어 쓰려구, 이렇게 쩔쩔거리구 다니는, 이년의 돈을 먹겠다는 너 같은 의리가 없는 년은 욕을 좀 단단히 봬야 정신이 날 거다마는, 제 사정 보아서 싼 변리에 좋은 자국을 지시해 바친 밖에! 그것두 마다니, 남의 돈 생으루 먹자는 도둑년 같은 배짱 아니구 뭐냐?"

오고가는 사람이 우중우중 서며 구경났다고 바라보는데, 원체 히스테리증이 있는 줄은 짐작하지마는, 창피한 줄도 모르고 기가 나서 대든다. 히스테리는 고사하고, 이것도 빚쟁이의 돈 받는 상투 수단인가 싶었다.

"누가 안 갚는대나? 돈두 중하지만 이게 무슨 꼬락서

After marrying a widower, she led a life of ease, never having children. She hadn't even been 40 yet when she had become the wife of a provincial governor, living in luxury. Even now, nobody would guess that she is well past 40. She had a lovely hairdo, wore light makeup, and carried an American handbag. She looked like a rich man's wife. Who would guess that she was a tightfisted loan shark badgering an old friend who was in financial trouble?

With Korea's liberation from Japan, loan sharks could expand and do their business in the open, replacing pawnshops. Ok-im ramped up her business, knowing that her husband might be accused at any time of being a collaborator against the Korean people during Japan's colonial rule. He was a former governor and served as a board member and auditor of a military supply company toward the end of World War II. If the bill against collaborators was passed in the National Assembly, the old man, who had been bedridden for three years after a stroke, would likely be arrested, if he didn't die first. He might get off without a prison term, but he would surely lose the house and rice fields, so Ok-im had to fend for herself without children to sup-

니냔 말이야."

정례 어머니는 그래도 달래서 뒷골목으로 끌고 들어
가려 하였다.

"난 돈밖에 몰라. 내일모레면 거리로 나앉게 된 년이
체면은 뭐구, 우정은 다 뭐냐? 어쨌든 내 돈만 내놓으면
이러니저러니 너 같은 장래 대신 부인께 나 같은 년이
야 감히 말이나 붙여보려 들겠다던!"

하고 허청 나오는 코웃음을 친다. 구경꾼은 자꾸 꾀어
드는데, 정례 모친은 생전 처음 당하는 이런 봉욕에 눈
앞이 아찔하여지고 가슴이 꼭 메어 올랐으나, 언제까지
이러고 섰다가는 예서 더 무슨 창피한 꼴을 볼까 무서
워서, 선뜻 몸을 빼쳐 옆의 골로 줄달음질을 쳐 들어갔
다. 뒤에서 발소리가 없으니 옥임이는 저대로 간 모양
이다. 정례 모친은 눈물이 핑 돌았다.

스물예닐곱까지 동경 바닥에서 신여성 운동이네, 연
애네, 어쩌네 하고 멋대로 놀다가, 지금 영감의 후실로
들어앉아서, 세상 고생을 알까, 아이를 한 번 낳아보았
을까, 40 전의 젊은 한때를 도지사 대감의 실내마님으
로 떠받들려 제멋대로 호강도 하여본 옥임이다. 지금도
어디가 40이 훨씬 넘은 중늙은이로 보이랴. 머리를 곱

48

port her. That was when she hit on money lending with the pretext of supporting the household and buying her husband's medicines. It sounded noble and enabled her to go about her business without garnering people's ire.

Ok-im sneered at her friend's retreating form, pursing her lips, before making her way unhurriedly through the crowd toward Jongno. She did not feel triumphant, but exhilarated. Something that had lain coiled in her head or heart seemed to have unraveled, and she felt good, as though her blood could flow unobstructed.

It wasn't hatred for her friend that had twisted Ok-im's mind. She had nothing against her. She had made up her mind to tell her off just once to collect the 200,000 *won* she owed her, a huge sum even by today's standards; but she felt foolish for blurting out insults about her young husband. She had always thought he was an ill match for her friend, who looked much older than she did and frazzled from household work. She wasn't a shameless kind of woman, who would be consumed by jealousy and covet her friend's husband, but she couldn't help but be annoyed each time she came home to a house full of people who weren't her

게 지지고 엷은 얼굴 단장에, 번질거리는 미국제 핸드백을 착 끼고 나선 맵시가 어느 댁 유한마담이지, 설마 1할, 1할 5푼으로 아귀다툼을 하고 어려운 예전 동무를 쫓아다니며 울리는 고리대금업자로야 누가 짐작이나 할까. 해방이 되자 고리대금이 전당국 대신으로 터놓고 하는 큰 생화[7]가 되었지마는, 옥임이는 반민자(反民者)의 아내가 되리라는 것을 도리어 간판으로 내세우고 부라퀴같이 덤빈 것이다. 중경 도지사요, 전쟁 말기에는 무슨 군수품 회사의 취체역(取締役)인가 감사역을 지냈으니 반민법이 국회에서 통과되는 날이면, 중풍을 3년째나 누웠는 영감이, 어서 돌아가주기나 하기 전에야 으레 걸리고 말 것이요, 걸리는 날이면 떠메어다가 징역은 시키지 않을지 모르되, 지니고 있는 집간이며 땅섬지기나마 몰수를 당할 것이니, 비록 자신은 없을망정 자기는 자기대로 살길을 차려야 하겠다고 나선 길이 이 길이었다. 상하 식솔을 혼자 떠맡고 영감의 약값을 제 손으로 벌어야 될 가련한 신세같이 우는소리를 하지마는, 그래야 남의 욕을 덜 먹는 발뺌이 되는 것이다.

　옥임이는 정례 모친이 혼쭐이 나서 달아나는 꼴을 그것 보라는 듯이 곁눈으로 흘겨보고 입귀를 샐룩하여 비

blood relations, and saw her old vegetable of a husband. By comparison, her friend seemed to lead a blessed life, even though she had to struggle to make both ends meet and to send her children to school.

Her former friend's eldest son would be graduating from college with an engineering degree next year, her second son was taller than she was, and her daughter was old enough to be married off any time. Her husband was jobless, living off money from the shop while he idled, and had sold off their land for a taxi, but he was handsome and an active leader of the organizing committee at a local chapter of a political party. If things went his way, it wasn't unthinkable that he could be a minister someday. Each time she had paid her daily visit to the shop for the past eight or nine months, Ok-im envied her friend for the attention she lavished on her husband, as if she'd like to give him an affectionate pat on the back and head. It was a far cry from the old days when Ok-im was newly married and living in the governor's official residence, while her friend and her husband had nothing. Now the tables had been turned and her dying husband had been pinpointed as a collaborator with Japan. In such cir-

웃으며, 버젓이 사람 틈을 헤치고 종로 편으로 내려갔다. 의기양양할 것도 없지마는, 가슴속이 후련하니 머릿속이고 가슴속이고 무언지 뭉치고 비비 꼬이고 하던 것이 확 풀어져 스러지고 회가 제대로 도는 것 같아서 기분이 시원하다. 그러나 그 뭉치고 비비 꼬인 것이라는 것이 반드시 정례 어머니에게 대한 악감정은 아니었다. 옥임이가 그 오랜 동무에게 이렇다 할 감정이 있을 까닭은 없었다. 다만 아무리 요새 돈이라도 20여만 원이라는 대금을 받아내려면은 한번 혼을 단단히 내고 제독을 주어야 하겠다고 벼르기는 하였지마는, 얼떨결에 나온다는 말이 젊은 서방을 둔 떠세냐 무어냐고 한 것은 구석 없는 말이었고 지금 생각하니 우스웠다. 그러나 자기보다도 훨씬 늙어 보이고 살림에 찌든 정례 모친에게는 과분한 남편이라는 생각은 늘 하던 옥임이기는 하였다. 남의 남편을 보고 부럽다거나 샘이 나거나 하는 그런 몰상식한 옥임이도 아니지마는 자식도 없이 군식구들만 들썩거리는 집에 들어가서 몸도 제대로 가누지 못하는 늙은 영감의 방을 들여다보면 공연히 짜증이 나고, 정례 어머니가 자식들을 공부시키느라고 어려운 살림에 얽매고 고생하나, 자기보다 팔자가 좋다는

cumstances, she begrudged her friend her children and handsome energetic husband, and the fact that she could take control of her own life. That was why it felt liberating to humiliate her friend in public, to vent her own envy and frustration.

Afterwards, Ok-im went straight to Mr. Principal. "I've told her off, so she can't refuse now. Go there tomorrow and get the guarantee."

4

"I think you should decide today. You have to pay it off no matter what, so what more do you have to mull over?" Mr. Principal said when he dropped by the next day, coaxing them to accept the deal.

"I don't know about you, but I feel sorry for Ok-im," said Jeong-rye's mother. "She used to go around with Shakespeare's plays in English under her arm, get excited over *A Doll's House*, and admire Ellen Key. Now she walks around with a money pouch like a beggar's bag and thinks of nothing but money. I know it's pathetic sitting in this tiny store and making money from kids' tiny allowances, but I couldn't help but weep for Ok-im yesterday and how pitiful she had become. I may be bankrupt fi-

생각도 나는 것이었다.

내년이면 공과 대학을 나오는 맏아들에, 중학교에 다니는 어머니보다도 키가 큰 둘째 아들이 있고, 딸은 지금이라도 사위를 보게 다 길러놓았고, 남편은 펀둥펀둥 놀며 마누라가 조리차⁸⁾를 하는 용돈이나 받아 쓰고, 자동차로 땅뙈기는 까불렸을망정 신수가 멀쩡한 호남자가 무슨 정당이라나 하는 데 조직부장이니 훈련부장이니 하고 돌아다니니, 때를 만나면 아닌 게 아니라 장래 대신이 되지 말라는 법도 없을 것이다. 팔구 삭 동안 동사를 하느라고 매일 들러서 보면, 젊은 영감을 등이라도 두드리고 머리를 쓰다듬어줄 듯이 지성으로 고이는 꼴이란 아닌 게 아니라 옆에서 보기에도 부러운 생각이 들 때가 없지 않았지마는, 결혼들을 처음 했을 예전 시절이나 도지사(道知事) 관사에 들어서 드날릴 때야 어디 존재나 있던 위인들인가? 그것이 처지가 뒤바뀌어서 관 속에 한 발을 들여놓은 영감이나마 반민자로 지목이 가다니, 이런 것 저런 것을 생각하면 쭉쭉 뽑아놓은 자식들과 한참 활동적인 허우대 좋은 남편에 둘러싸여 재미있고 기운꼴차게 사는 양이 역시 부럽고 저희만 잘된다는 것이 시기도 나는 것이었다. 보기 좋게 이년 저년

nancially, but she is bankrupt in spirit." Jeong-rye's mother told this all to the old man, as if to unburden herself of the anger and disappointment she had kept inside her.

"Your words make me blush, but what can we do when we live in such difficult times?" answered Mr. Principal. "I still believe it's a decent way to make a living to lend money and collect interest as agreed, whatever the rate, because this world is fit only for swindlers who deceive, backstab, trick, or betray others. Ha ha ha." It sounded like he was trying to absolve himself, or maybe he was just defending Ok-im.

"We don't have to pay it back. Leave them to their devices and let them sue us," Jeong-rye protested; but her mother ignored her, writing a guarantee bill for 200,000 *won* and counting out 20,000 *won* in cash, asking Mr. Principal to deliver them to Ok-im.

For the next two months, she also paid him back 50,000 *won*, and on the third month, they lost the shop. His nephew seemed poised to take it over, but in the end, his daughter and her husband did. It is useless to flog a dead horse, but still it turned out that the three-month interest on the 200,000 *won* was 60,000 *won*, for a total of 260,000 *won*. Since

을 붙이며 한바탕 해대고 나서 속이 후련한 것도 그러한 은연중의 시기였고, 공연한 자기 화풀이였던지 모른다.

옥임이는 그길로 교장 영감 집에 들러서,

"혼을 단단히 내주었으니까 인제는 딴소리 안 할 거외다. 내일 가서 표라두 받아다 주슈."

하고 일러놓았다.

4

"오늘은 아퀴를 지어주시렵니까? 언제 갚으나 갚고 말 것인데 그걸루 의 상할 거야 있나요?"

이튿날 교장이 슬쩍 들러서 매우 점잖은 수작을 하는 것이었다.

"이렇게 말씀드리면 교장 선생님부터가 어떻게 들으실지 모르지만 김옥임이가 그렇게 되다니 불쌍해 못 견디겠어요. 예전에 셰익스피어의 원서를 끼구 다니구, 『인형의 집』에 신이 나구, 엘렌 케이[9]의 숭배자요 하던 그런 옥임이가 동냥자루 같은 돈 전대를 차구 나서면 세상이 모두 노랑 돈닢으로 보이는지, 어린애 코 묻은

56

they couldn't even recover their 80,000-*won* deposit, they had to relinquish the shop's furnishings and stock to pay off the remaining amount of 180,000 *won*. Of course, Ok-im was behind everything, and she sold it all off to Mr. Principal for a 50,000-*won* profit. She would have asked for more but settled for 50,000 *won* in return for his help in recouping the money she had lent them. It turned out that he had always had his eye on the shop for his daughter and her husband who had come down from the North. Not merely was he able to obtain a suitable business for them, he was even able to get it for less than the going price.

Jeong-rye and her mother felt bitter that they had toiled for a year and a half only for the benefit of crooks. Jeong-rye's mother was bedridden for more than a month from exhaustion and anger.

"Don't worry, dear," her husband said, soothing her. "I could easily milk 300,000 or 400,000 *won* from Kim Ok-im. Just wait and see."

"I'm not interested in her money. What are you plotting anyway?" Her tone was neither supportive nor discouraging.

"I heard she wants to get into the taxi business, and there happens to be a banged-up car for sale.

돈푼이나 바라고 이런 구멍가게에 나와 앉았는 나두 불쌍한 신세이지마는, 난 옥임이가 가엾어서 어제 울었습니다. 난 살림이나 파산 지경이지 옥임이는 성격 파산인가 보더군요……."

정례 어머니는 분하다 할지 딱하다 할지 속에 맺히고 서린 불쾌한 감정을 스스로 풀어버리려는 듯이 웃으며 하소연을 하는 것이었다.

"그런 말씀을 하시니 나두 듣기에 좀 끼란쩌습니디마는 다 어려운 세상에 살자니까 그런 거죠. 별수 있나요. 그래도 제 돈 내놓고 싸든 비싸든 이자(利子)라고 명토[10] 있는 돈을 어엿이 받아먹는 것은 아직도 양심이 있는 생활입니다. 입만 가지고 속여먹고 등쳐먹고 알로 먹고 꿩으로 먹는 허울 좋은 불한당 아니고는 밥알이 올곧게 들어가지 못하는 지금 세상 아닙니까…… 허허허."
하고 교장은 자기변명인지 옥임이 역성인지를 하는 것이었다.

이날 정례 어머니는 딸이 옆에서 한사코 말리며, "그따위 돈은 안 갚아도 좋으니 정장을 하든 어쩌든 마음대로 하라구 내버려두세요" 하며 팔팔 뛰는 것을 모른 척하고, 20만 원 표에 2만 원 현금을 얹어서 옥임이 갖

Just be patient. Our house deed will find its way to her..." He laughed mirthfully to comfort his ailing wife.

Translated by Sohn Suk-joo

다가 주라고 내놓았다.

정례 모친은 그 후 두 달 걸려서 교장 영감의 5만 원 빚은 갚았으나, 석 달째 가서는 이 상점 주인이 바뀌어 들고야 말았다. 정말 교장 영감의 조카가 나서나 하였더니 교장의 딸 내외가 들어앉았다. 상점을 내놓고 만 바에는 자질구레한 셈속을 따진대야 죽은 아이 귀 만져 보기지 별수 없지마는, 하여튼 20만 원의 석 달 변리 6만 원이 또 늘어서 26만 원인데 정례 모녀가 사글세의 보증금 8만 원마저 못 찾고 두 손 털고 나선 것을 보면, 그 8만 원을 아끼고 남은 18만 원을 점방의 설비와 남은 물건값으로 치운 것이었다. 물론 옥임이가 뒤에 앉아 맡은 것이나, 권리 값으로 5만 원 더 얹어서 교장 영감에게 팔아넘긴 것이었다. 옥임이는 좀 더 남겨먹었을 것이로되 교장 영감이 그 빚 받아내는 데에 공로가 있었기 때문에 5만 원만 얹어 먹고 말았고, 또 교장은 이북에서 내려온 딸 내외에게는 꼭 알맞은 장사라는 생각이 있어서 애초부터 침을 삼키고 눈독을 들이던 것이라, 이 상점을 손에 넣으려고 애도 썼지마는, 매득하였다고 좋아하였다.

정례 모녀는 1년 반 동안이나 죽도록 벌어서 죽 쑤어

개 좋은 일 한 셈이라고 절통을 하였으나 그보다도 정
례 모친은 오래간만에 몸이 편해져서 그렇기도 하였겠
지마는 몸살감기에 울화가 터져서 그만 누운 것이 반달
이나 끌었다.

"마누라, 염려 말아요. 김옥임이 돈쯤 먹자고 들면 삼
사십만 원쯤 금세루 녹여내지. 가만있어요."

정례 부친은 앓는 마누라 앞에 앉아서 이렇게 위로하
였다.

"옥임이 돈을 먹자는 것두 아니지마는 무슨 재주루."

마누라는 말리는 것도 아니요 부채질하는 것도 아닌
소리를 하였다.

"김옥임이도 요사이 자동차를 놀려보구 싶어 한다는
데 마침 어수룩한 자동차 한 대가 나섰단 말이지. 조금
만 참아요, 우리 집문서는 아무래두 김옥임 여사의 돈
으로 찾아놓고 말 것이니……."

하며, 정례 부친은 앓는 아내를 위하여 뱃속 유하게 껄
껄 웃었다.

1) 쌩이질. 한창 바쁠 때에 쓸데없는 일로 남을 귀찮게 구는 짓.
2) 부라퀴. 자신에게 이로운 일이면 기를 쓰고 덤벼드는 사람.
3) 삼칠제(三七制). 수확한 곡식의 3할은 지주가 가지고 나머지 7할을 소작인이 가지던 제도.
4) 동록(銅綠). 구리의 표면에 녹이 슬어 생기는 푸른빛의 물질. 독이 있다.
5) 어리보기. 말이나 행동이 다부지지 못하고 어리석은 사람을 낮잡아 이르는 말.
6) 새롱새롱. '새롱거리다(경솔하고 방정맞게 까불며 자꾸 지껄이다)'의 잘못.
7) 생화(生貨). 장사를 함. 먹고 살아가는 데 도움이 되는 벌이나 직업.
8) 조리차. 알뜰하게 아껴 쓰는 일.
9) 엘렌 케이(Key, Ellen Karoline Sofia, 1849~1926). 스웨덴의 사상가. 근대 여성 운동의 선구자로 휴머니슴 입장에서 남녀평등, 여권 신장을 주장하였다. 저서에 『생활선』『아동의 세기(世紀)』『여성 운동』따위가 있다.
10) 명토. 누구 또는 무엇이라고 구체적으로 하는 지적.

* 이 책의 한국어판 저작권은 사단법인 한국문예학술저작권협회로부터 저작물의 사용 허락에 대한 동의를 받았다.

* 작가 고유의 문체나 당시 쓰이던 용어를 그대로 살려 원문에 최대한 가깝게 표기하고자 하였다. 단, 현재 쓰이지 않는 말이나 띄어쓰기는 현행 맞춤법에 맞게 표기하였다.

《신천지(新天地)》, 1949

해설

Afterword

해방기 한국 사회의 한 풍경

허병식 (문학평론가)

「두 파산」은 염상섭이 1949년에 잡지 《신천지》에 발표한 작품이다. 1945년 8월 15일에 한국은 일본 제국주의의 긴 통치로부터 벗어나 해방을 맞이하였다. 그러나 해방의 감격은 그리 오래가지 못하였는데, 남과 북에 각각 미국과 소련이 진주하여 통치를 하였으며 남한의 주민들은 미군정의 신탁통치에 대한 찬반으로 나뉘어 격렬하게 대립하였다. 또한 남과 북은 휴전선으로 분단된 상황 속에서 남한만의 단독정부 수립을 둘러싸고 여러 정치적 혼란에 직면하고 있었다. 이 작품은 남한에 단독정부가 수립된 이후에도 지속되던 혼란스럽던 시절의 한 장면을 포착하고 있다.

The Landscape of Korean Society
After Independence

Huh Byung-shik (literary critic)

"Two Bankruptcies" was published in *Sincheonji* (New World) in 1949. Although Korea was liberated from Japan's long colonial rule on August 15, 1945, the euphoria did not last long. The Korean Peninsula was partitioned into North and South, ruled separately by the Soviet Union and the United States. The people in the South were sharply divided over the trusteeship of the U.S. military, and the unilateral establishment of the government in the South threw the two halves of Korea into political turmoil. Yom Sang-Seop's story captures this chaotic period following the formation of the government in the South without the support of the North.

작품은 학교 앞에 문구 등을 판매하는 작은 잡화점을 낸 정례 모친의 가게를 둘러싼 이전투구의 양상을 보여준다. 그녀는 은행에서 빚을 내어 상점을 꾸렸으나 운영에 어려움을 겪다가 오랜 친구인 김옥임의 돈을 빌려 동업의 형식으로 상점을 이어나가게 된다. 동경 유학생 출신의 신여성이었던 김옥임은 귀국 후 중경도지사였던 남편의 후실로 들어앉아 호강을 누렸으나 해방 후 반민족행위특별법의 제정을 앞두고 반민자(反民者—일제 강점기에 반민족적인 행위, 즉 친일을 한 자)로 몰릴 위기에 처해 있다. 애초에 김옥임이 정례 모친의 가게에 자금을 투자하면서 동업을 제안한 데에는 좋은 위치에 자리잡아 장래성이 있는 가게를 적은 투자로 자기 것으로 만들려는 계획이 있었다는 것을 작품의 서사는 보여주고 있다. 김옥임은 이런 계략 속에서 해방 전까지 어느 시골 보통학교의 교장이었기에 교장 선생이라고 불리는 한 고리대금업자를 개입시켜 자신의 계획을 이어나가려 한다.

　이 작품이 주목하는 이야기는 정례 모친과 김옥임, 그리고 교장 선생의 사이에 오가는 돈—김옥임과 교장 선생이 정례 모친의 상점에 투자한 돈의 원금과 이자—의

The story revolves around a small stationery shop located in front of a school and owned by Jeong-rye and her mother. They had set up the business using money borrowed from the bank, and they have to borrow more money from the mother's friend from her youth, Kim Ok-im, when they encounter difficulties in running the shop. Kim Ok-im is a "new woman," who had studied in Tokyo and returned home to a life of luxury when she married a widowed provincial governor. But her luck runs out with the impending passage of a bill in the National Assembly against Japan's collaborators. The story recounts how Kim Ok-im put money in the stationery shop as a partner, hoping to eventually take over the nicely located business for a minimal investment. She puts her plan into action by colluding with a loan shark who had served as a school principal in the countryside before Korea's liberation from Japan.

The story looks closely at the complicated calculations of the principal and the interest accruing of the money invested by Kim Ok-im and Mr. Principal in the shop owned by Jeong-rye's mother. There is also a side story: Kim Ok-im, wife of the aging collaborator, turns out to be jealous of her

복잡한 계산이지만, 그 사이에는 노년에 접어든 반민자 남편을 둔 김옥임이 해방기의 새로운 정당 정치에 개입하고 있는 정례 모친의 남편에 대해 지니고 있는 선망과 질투의 시선이 개입되어 있다. 해방이라는 새로운 세계에서 역전된 남편들의 정치적 질서를 돈에 대한 집착을 통해 만회하고자 하는 욕망이 김옥임이라는 인물을 통해서 드러나고 있는 것이다. 이런 맥락을 염두에 두지 않는다면, 김옥임이 오래 친구인 정례 모친에게 자신의 투자금을 회수하기 위해 벌이는 히스테릭한 언행들이 선뜻 이해되지 않는 것이다. 또한 해방 전에 교육자였다가 해방 후에 고리대금업자로 나선 교장 선생이라는 인물의 탐욕을 통해서 자본에 대한 욕망이 끝간 데를 모르고 대두하고 있는 당대의 한국 사회를 조명하고 있다.

서술자는 두 여인 사이에 벌어지는 가게를 둘러싼 알력과, 그 중개인으로 김옥임이 내세운 교장 사이에 벌어지는 복잡한 원금과 이자의 계산에 대해 상세하게 알려주고 있다. 이는 중산층의 생활의 세목을 드러내는데 어떤 작가보다도 탁월했던 염상섭의 특징을 그대로 보여주는 것이다. 이야기의 결말은 결국 정례 모친이 김

friend, whose young husband is involved in the new politics following Korea's liberation. Kim Ok-im's attempt to amass money is a kind of insurance for herself against the reversal of the hierarchy of men after Korea's independence from Japan. Without this angle, it is hard to make sense of Kim Ok-im's hysterical words and behavior toward her old friend as she tries to recoup her investment. Furthermore, the greed of Mr. Principal, an educator-turned-loan shark, shines a spotlight on the unbridled desire for money that characterized that period in Korean history. The narrator gives a detailed account of the two women's quarrels over the shop, and the complex computation of the financial arrangements between them and Mr. Principal, who serves as Kim Ok-im's proxy. It is a telling feature of Yom Sang-Seop's work that he excels in the detailed description of the life of the middle classes. Toward the end of the story, Jeong-rye's mother is forced to relinquish the shop to Mr. Principal, even after she has paid off her debt. She ends up losing the shop, after working hard to keep it running for a year and a half, and takes to bed with an illness. Jeong-rye's father is heard in the last scene, hatching a scheme to swindle money from

옥임과 교장 선생에게 진 빚을 거의 다 갚고도 자신의 상점을 김옥임의 대리자인 교장에게 넘기고 만 것으로 드러나고 있다. 일 년 반이라는 기간 동안 상점의 운영을 위해 온갖 고생을 다하고도 상점을 남의 손에 넘겨주게 된 정례 모친이 앓아 누웠다는 설명을 하던 서술자는, 마지막 장면에서 정례 부친의 목소리를 슬그머니 들려준다. 그것은 자신의 재산을 불리기 위해 혈안이 되어 있는 김옥임을 자동차 시업으로 유혹해서, 그녀의 돈을 빼앗아 오겠다는 음흉한 계획이다. 이런 결말을 다 읽고 난다면, "난 살림이나 파산 지경이지 옥임이는 성격 파산인가 보더군요"라는 정례 모친의 탄식이 두 인물 각자의 사정을 전달하고 있는 것만은 아니라는 점이 밝혀지게 된다. 작가가 바라보고 있는 해방기 한국의 모습은 경제적인 측면에서나 욕망의 측면에서나 거의 파산에 가깝게 침몰해 가고 있는 한국 사회의 한 풍경이었던 것이다.

Kim Ok-im by using her greed to lure her into a shoddy transport business. And so the words of Jeong-rye's mother, "I may be bankrupt financially, but she is bankrupt in spirit," turn out to represent more than the predicament of the two women. The author renders the landscape of Korean society that, shortly after its liberation from Japan, was already sinking in the quagmire of economic as well as moral bankruptcy.

비평의 목소리

Critical Acclaim

이 작품의 제목인 「두 파산」은 정례 모친의 경제적 파산과 옥임의 성격 파산을 함께 일컫는 것이라고 볼 수 있다. 그러나 비록 이 두 개의 파산이 대비적으로 그려져 있기는 하지만, 작가는 이 두 파산 가운데 어느 쪽 편을 들어주고 있는 것으로 보이지는 않는다. 언뜻 보기엔 정례 모친 쪽에 윤리적 무게를 두고 있는 것같이도 보이지만, 결말 부분에서 정례 부친의 행태도 함께 희화화되고 있는 것으로 보아 딱히 단정할 수도 없다. 따라서 만일 그것을 작가의 냉정한 균형 감각이라고 할 수 있다면, 이 작품에서 작가는 서로 대비가 되는 두 파산을 통하여 그러한 파탄을 초래한 사회의 모순과

The title "Two Bankruptcies" refers both to Jeong-rye's mother's financial bankruptcy and to Ok-im's spiritual bankruptcy. Although the two bankruptcies are portrayed in contrast, the author does not obviously choose a side. On the surface, he seems to favor Jeong-rye's mother for her moral ascendancy, but this judgment is cast in doubt with her husband's ridiculous behavior in the end. Assuming this is indeed a sign of the author's cool-headed sense of balance, he seems to aim at exposing the contradictions and corruption of society through his depiction of the two contrasting bankruptcies. There are many works that bore witness to the devasta-

불건강성 일반을 고발하고자 한 것으로 보인다. 해방기 우리 사회의 황폐함을 증거하고 있는 작품은 많이 있지만, 이 작품처럼 객관적인 위치에서 친일파나 그렇지 않은 사람들을 막론하고 시대와 사회가 초래한 정신적 황폐함을 그려낸 작품은 매우 드물다. 그 점에서라도 이 작품은 해방기 우리 소설이 거둔 문제작 가운데 한 편이라고 할 만하다.

김경수, 「염상섭 단편소설의 진개 과성」, 염상섭,

「두 파산」 작품해설, 문학과지성사, 2006

「두 파산」은 식민지 시대를 거쳐 해방을 맞으면서 소설의 등장인물인 두 사람의 여인이 어떻게 변모했는가를 대조적으로 보여주고 있는 작품이다. 일제 강점기부터 고관으로 재산을 모으고 호강을 누리면서 살았던 한 여주인공은 해방이 되자 고리대금업에 손을 대어 더욱 큰 재산을 얻게 된다. 그러나 같은 여학교의 친구인 또 하나의 여주인공은 힘든 살림에 고생을 겪는다. 학교 앞 문방구 가게를 근근히 운영하고 있으나 은행에 저당 잡힌 집문서를 결국 찾지 못하고 파산하기에 이르는 것이다. 한 여인은 부정한 방법으로 재산을 모으지만 다

tion of society around the time Korea was liberated from Japan, but none surpassed "Two Bankruptcies" in its objective portrayal of spiritual bankruptcy—the outcome of the period and society—whether or not the characters collaborated with Japan. In this regard, it is one of the best of the period.

Kim Kyung-soo, "The Process of Development in Yom Sang-Seop's Short Story," *Criticism on Yom Sang-Seop's Two Bankruptcies* (Seoul: Munji, 2006)

"Two Bankruptcies" recounts the contrasting predicaments of two female protagonists in the aftermath of Korea's liberation from Japan. One, who had made a fortune and lived in luxury as a high-ranking official's wife during Japan's colonial rule, amasses more wealth by engaging in money lending. Meanwhile, her old schoolmate is in dire straits and struggles to make a living. She attempts to run a stationery shop in front of a school, but ends up broke after failing to pay back the money she had borrowed from the bank using her house as collateral. One woman amasses a fortune through unscrupulous means, while the other struggles to make an honest living. Through the two women,

른 한 여인은 열심히 살아보려고 해도 결국은 파산한다. 작가는 이 두 여인들의 삶을 통해 진실한 삶이 용서되지 못하는 현실의 모습을 보여주며, 곤궁의 삶에서 빚어진 재산의 파산보다 부정한 방법으로 돈을 끌어 모으는 인간의 정신적 파멸을 더욱 신랄하게 조소하고 있는 셈이다.

권영민, 「염상섭의 중간파적 입장」, 「염상섭 전집 10」,

민음사, 1987

염상섭 소설의 전체적인 의미망 역시 결국은 이와 같은 풍부한 문제 관련성에 있는 셈이다. 한국 근대소설의 초창기에 그것은 단순한 소설 형식의 성립 문제를 떠나서, 사회적 조건 속에서 우리가 어떻게 살아야 할 것인가를 묻고 있다. 소설 형식에 관한 문학사적 관심의 자리를 넘어서 인문적 교양의 관심에서 그의 소설을 진지하게 탐구해 보아야 할 이유는 여기에 있다. 소설이란 당대의 삶을 총체적으로 반영하는 최고의 문화적 형식인 동시에 그 누적을 통해 개인과 사회의 삶이 지향해 나가야 할 역사적 전망 탐구의 최고의 장이 되기 때문이다. 역사적인 가치 평가의 작업이 반복해서 가해

the author describes a reality in which integrity goes unrewarded and he criticizes the moral bank-ruptcy of those who amass wealth through unjust means, instead of criticizing the financial bankrupt-cy of the honest poor.

Kwon Young-min, "Yom Sang-Seop's Centrist Position," *The Complete Works of Yom Sang-Seop Vol. 10* (Seoul: Minum, 1987)

Yom Sang-Seop's fiction is filled with meaningful social questions. In this early period of modern Ko-rean fiction, it asks how we should live, given the social conditions, apart from wrestling with the form of fiction. This is why it is essential to explore his fiction seriously from the perspective of the Humanities, going beyond its literary interest. Fic-tion is both the best cultural form to reflect con-temporary life, and the best platform to explore a historical vision that individuals and society should strive for. This explains why historical evaluation should be done repeatedly, so that the classics, the gems of human culture, can surface through the test of time. Yom's representative works, such as "Frog in the Specimen Room," *Before the Cries of 'Manse,'* and *Three Generations*, are among the best

져야 하는 이유 역시 여기에 있는 것인데, 그 반복되는 시간 속의 검증을 통해 인류 문화의 최고 자산인 소설의 고전은 살아남는 것이다. 「표본실의 청개구리」「만세전」「삼대」로 이어지는 염상섭 소설의 고속철도가 한국소설의 최고 황금노선 중 하나라 함도 텍스트에 대한 이런 반복된 검증 작업의 누적 속에서 확인되는 바이다. 초창기 한국 근대소설사에 그가 없었으면 얼마나 적막했을까 하는 탄식은 그래서 과장이 아니나.

한기, 「한국 근대소설로의 길」, 염상섭, 「삼대」 작품해설,

동아출판사, 1995

염상섭의 소설은 뒷부분으로 갈수록, 두 번 세 번 거듭 읽을수록, 그리고 인생에 대한 경험이 쌓이면 쌓일수록 새록새록 소설 읽는 재미와 의미가 생겨난다. 흔히 세월의 변화를 넘어서서 언제 어느 곳의 사람이 읽더라도 인생의 참의미를 깨닫게 하는 작품을 고전적인 작품이라 한다면, 염상섭의 소설은 이 초월적 가치를 충분히 구현하고 있는 한국문학의 고전이다. 또한 염상섭의 문학은 한국 소설사 전체를 비판하고 있기도 하다. 흔히 염상섭 문학이 나아갔던 한걸음 한걸음은 바

in Korean literature, tested time and again. It is no exaggeration to say that the history of early modern Korean literature would have been bleak without him.

Han Ki, "The Road to Korean Modern Literature,"
Criticism on Three Generations (Seoul: Dong'a, 1995)

Yom Sang-Seop's stories become more engaging and meaningful to read toward their conclusions, on a second or third reading, or when one returns to them after experiencing more of life. If we define the "classics" as those works that make us realize the true meaning of life, beyond the vagaries of time and place, Yom's stories are classics of Korean literature that embody these transcendental qualities. His works may also be said to be critical of the entire history of Korean literature. It is often said that the incremental development of Yom's *oeuvre* paralleled the development of Korean literature. This claim is borne out by the facts. "Frog in the Specimen Room," *Before the Cries of 'Manse,'* and *Three Generations* marked the rise of modern Korean literature, as he was a literary giant before and after Korea's liberation from Japan. History should do

로 한국 소설의 발전을 의미한다고 일컫는다. 이 평가는 결코 요란스러운 수사와는 거리가 멀다. 사실과 부합하는 것이다. 염상섭은 「표본실의 청개구리」 「만세전」 「삼대」 등으로 한국 근대소설사에 커다란 봉우리를 세웠을 뿐 아니라, 해방 직후와 전쟁 후에도 그 거인다운 모습을 잃지 않은 작가이다. 이러한 염상섭의 작가적 도정에 대해 한국의 문학사는 인색해서는 안 된다.

류보선, 「차가운 시선과 교활한 현실」, 염상섭, 「무화과」 작품해설, 동아출판사, 1995

justice to Yom by acknowledging the literary paths he forged.

Ryu Bo-seon, "Cold Stare and Cunning Reality,"

Criticism on Fig (Seoul: Dong'a, 1995)

염상섭

작가 염상섭은 1897년 8월 30일, 서울 종로구 적선동에서 태어났다. 본명은 상섭(尙燮), 필명은 상섭(想涉)이며, 아호는 횡보(橫步)이다. 1911년 보성중학을 중퇴하고 일본 유학, 도쿄 아자부(麻布)중학교에 편입하였고, 1917년 일본 교토로 옮겨 교토 부립 제2중학교를 졸업하고 게이오(慶應)대학 문학부 예과에 입학하였다. 1919년 3·1 독립운동이 일어나자 일본 오사카 텐노지(天王寺) 공원에서 재일동포들을 규합, 독립만세운동을 이끌다가 검거, 투옥됨으로써 학업을 중단하였다. 1920년 《동아일보》 창간과 더불어 정치부 기자로 입사, 귀국하여 근무하였고, 《폐허》 창간 동인으로 참여하였다.

1921년 처녀작 단편 「표본실의 청개구리」를 잡지 《개벽》에 발표함으로써 작품 활동을 시작하였다. 1924년 중편 「묘지」를 「만세전」으로 개제하여 고려공사에서 출간하였다. 1927년 장편 『사랑과 죄』를 《동아일보》에 연재하였다. 1931년 장편 『삼대』를 《조선일보》에 연재하였고, 이어서 『삼대』의 후속편인 『무화과』를 《매일신보》

Yom Sang-Seop

Yom Sang-Seop was born on August 30, 1897, in Jeokseon-dong, Jongno-gu, Seoul. His real name and pen name sound alike, "Sang-Seop," although they are written differently in Chinese characters. He was nicknamed "Hoengbo." He dropped out of Boseong Middle School in 1911 and transferred to Azabu Middle School in Tokyo, then moved to Kyoto Second Middle School in 1917. After graduation he entered the preparatory department of literature at Keio University. When the March 1st Independence Movement took place in Korea he organized a parallel rally for Korean residents in Japan at Tennozi Park in Osaka. He was arrested by the police and put in prison, forcing him to drop out of school. In 1920, Yom returned to Korea and became a political reporter at the newly launched *Dong-A Ilbo*. He became a founding member of a literary coterie magazine, *Pyeheo* (Ruins). He made his literary debut in 1921 with the publication of "Frog in the Specimen Room" in *Gaebyeok* (Creation). In 1924, his novella *Before the Cries of 'Manse'* was published by

에 연재하였다. 1934년 매일신보에 입사하여 『모란꽃
필 때』를 발표하였다. 1936년 장편 『불연속선』을 《매일
신보》에 연재하였고, 《만선일보》 주필 겸 편집국장으로
초빙되어 만주로 이주하였다. 1945년 광복 후 만주 안
동 조선인회 부회장직을 맡았다. 1946년 서울로 10년
만에 돌아와서 새로 창간된 《경향신문》의 편집국장을
맡았다. 1947년 경향신문사를 그만두고 성균관대학교
에 출강하기 시작했다. 1948년 《자유신문》에 장편 『효
풍』을 연재하였다. 1950년 장편 『난류』를 《조선일보》에
연재하다 6·25 전쟁으로 중단하였으며, 피난을 못 가고
서울서 지내다, 9월 해군 소령으로 임관하여 정훈장교
로 복무하였다. 1952년 장편 『취우』를 《조선일보》에 발
표하였다. 1954년 장편 『취우』로 서울시 문화상을 수상
하였다. 예술원 초대회원에 피선되고, 종신회원으로 추
대되었으며 서라벌예술대학교 초대학장에 취임하였다.
1958년 장편 『대를 물려서』를 《자유공론》에 연재하였
다. 1963년 3월 14일 서울시 성북구 성북동 집에서 직
장암으로 별세하였다.

Goryeo Press, after he changed its original title: *Tomb*. He serialized *Love and Crime* in *the Donga Ilbo* in 1927, and *Three Generations* in *the Chosun Ilbo* and its sequel *Fig* in *the Maeil Newspaper* in 1931. He then joined *the Maeil Newspaper* in 1934 and published *When the Peony Blooms*. In 1936, he serialized *Discontinuous Lines* in *the Maeil Newspaper* and moved to Manchuria after he was appointed editor-in-chief and managing editor of *the Manseon Ilbo*. When Korea gained its independence from Japan, he became vice chairman of the Korean People's Association in Andong, Manchuria. In 1946, he returned to Seoul for the first time in 10 years and became managing editor of *the Kyunghyang Shinmun*. He quit his job at the newspaper in 1947 and started lecturing at Sungkyunkwan University. He serialized *Hyopung* for *the Free Newspaper* in 1948, and *Warm Current* for *the Chosun Ilbo* in 1950, although the latter was suspended with the outbreak of the Korean War. Unable to flee, he remained in Seoul, and in September 1950 he was commissioned as a major in the Navy, where he served as an officer for information and education. In 1952, he published *Chwiu* in *the Chosun Ilbo* and won the Seoul Cultural Prize for the novel in 1954. He was a founding member of the Korean Academy of the Arts and was elected as one of its lifetime members. He became the first dean of Sorabol Art College. In 1958, he serialized *From One Generation to Another* in *the Free Forum*. Yom died of cancer at his home in Seongbuk-dong, Seongbuk-gu, Seoul on March 14, 1963.

번역 **손석주** Translated by Sohn Suk-joo

손석주는 《코리아타임즈》와 《연합뉴스》에서 기자로 일했다. 제34회 한국현대문학 번역상과 제4회 한국문학번역신인상을 수상했으며, 2007년 대산문화재단으로부 터 한국문학번역지원금을, 2014년에는 캐나다 예술위원회로부터 국제번역기금을 수혜했다. 인도 자와할랄 네루 대학교에서 영문학 석사 학위를, 호주 시드니대학교 에서 포스트식민지 영문학 연구로 박사 학위를 받았으며 미국 하버드대학교 세계 문학연구소(IWL) 등에서 수학했다. 현재 동아대학교 교양교육원 조교수로 재직 중 이다. 인도계 작가 연구로 논문들을 발표했으며 주요 역서로는 로힌턴 미스트리의 장편소설 『적절한 균형』과 『그토록 먼 여행』, 『가족문제』 그리고 김인숙, 김원일, 신상웅, 김하기, 전상국 등 다수의 한국 작가 작품들을 영역했다. 계간지, 잡지 등 에 단편소설, 에세이, 논문 등을 60편 넘게 번역 출판했다.

Sohn Suk-joo, a former journalist for *the Korea Times* and *Yonhap News Agency*, received his Ph.D. in postcolonial literature from the University of Sydney and completed a research program at the Institute for World Literature (IWL) at Harvard University in 2013. He won a Korean Modern Literature Translation Award in 2003. In 2005, he won the 4th Korean Literature Translation Award for New Translators sponsored by the Literature Translation Institute of Korea. He won a grant for literary translation from the Daesan Cultural Foundation in 2007 and an international translation grant from the Canada Council for the Arts in 2014. His translations include Rohinton Mistry's novels into the Korean language, as well as more than 60 pieces of short stories, essays, and articles for literary magazines and other publications.

감수 **전승희, 폴 안지올릴로**
Edited by Jeon Seung-hee and Paul Angiolillo

전승희는 서울대학교와 하버드대학교에서 영문학과 비교문학으로 박사 학위를 받 았으며, 현재 하버드대학교 한국학 연구소의 연구원으로 재직하며 아시아 문예 계 간지 《ASIA》 편집위원으로 활동 중이다. 현대 한국문학 및 세계문학을 다룬 논문 을 다수 발표했으며, 바흐친의 『장편소설과 민중언어』, 제인 오스틴의 『오만과 편 견』 등을 공역했다. 1988년 한국여성연구소의 창립과 《여성과 사회》의 창간에 참 여했고, 2002년부터 보스턴 지역 피학대 여성을 위한 단체인 '트랜지션하우스' 운 영에 참여해 왔다. 2006년 하버드대학교 한국학 연구소에서 '한국 현대사와 기억' 을 주제로 한 워크숍을 주관했다.

Jeon Seung-hee is a member of the Editorial Board of *ASIA*, is a Fellow at the Korea Institute, Harvard University. She received a Ph.D.

in English Literature from Seoul National University and a Ph.D. in Comparative Literature from Harvard University. She has presented and published numerous papers on modern Korean and world literature. She is also a co-translator of Mikhail Bakhtin's *Novel and the People's Culture* and Jane Austen's *Pride and Prejudice*. She is a founding member of the Korean Women's Studies Institute and of the biannual Women's Studies' journal *Women and Society* (1988), and she has been working at 'Transition House,' the first and oldest shelter for battered women in New England. She organized a workshop entitled "The Politics of Memory in Modern Korea" at the Korea Institute, Harvard University, in 2006. She also served as an advising committee member for the Asia-Africa Literature Festival in 2007 and for the POSCO Asian Literature Forum in 2008.

폴 안지올릴로는 예일대학교에서 영문학 학사학위를 받은 뒤 자유기고 언론인으로 《보스턴 글로브》신문, 《비즈니스 위크》잡지 등에서 활동 중이며, 팰콘 출판사, 매사추세츠 공과대학, 글로벌 인사이트, 알티아이 등의 기관과 기업의 편집자를 역임했다. 글을 쓰고 편집하는 외에도 조각가로서 미국 뉴잉글랜드의 다양한 화랑에서 작품 전시회를 개최하고, 보스턴 지역에서 다도를 가르치는 강사이기도 하다.

Paul Angiolillo has been an editor at M.I.T., Global Insight, R.T.I., and other institutions and enterprises, as well as a journalist and author for the *Boston Globe*, *Business Week* magazine, Falcon Press, and other publishers. He received a B.A. from Yale University in English literature. Paul is also a sculptor, with works in galleries and exhibits throughout the New England region. He also teaches tea-tasting classes in the Greater Boston Area.

바이링궐 에디션 한국 대표 소설 102

두 파산

2015년 1월 9일 초판 1쇄 발행

지은이 염상섭 | **옮긴이** 손석주 | **펴낸이** 김재범
감수 전승희, 폴 안지올릴로 | **기획위원** 정은경, 전성태, 이경재
편집 정수인, 이은혜, 김형욱, 윤단비 | **관리** 박신영
펴낸곳 (주)아시아 | **출판등록** 2006년 1월 27일 제406-2006-000004호
주소 서울특별시 동작구 서달로 161-1(흑석동 100-16)
전화 02.821.5055 | **팩스** 02.821.5057 | **홈페이지** www.bookasia.org
ISBN 979-11-5662-067-9 (set) | 979-11-5662-079-2 (04810)
값은 뒤표지에 있습니다.

Bi-lingual Edition Modern Korean Literature 102

Two Bankruptcies

Written by Yom Sang-Seop | **Translated by** Sohn Suk-joo
Published by Asia Publishers | 161-1, Seodal-ro, Dongjak-gu, Seoul, Korea
Homepage Address www.bookasia.org | **Tel**. (822).821.5055 | **Fax**. (822).821.5057
First published in Korea by Asia Publishers 2015
ISBN 979-11-5662-067-9 (set) | 979-11-5662-079-2 (04810)

바이링궐 에디션 한국 대표 소설

한국문학의 가장 중요하고 첨예한 문제의식을 가진 작가들의 대표작을 주제별로 선정!
하버드 한국학 연구원 및 세계 각국의 한국문학 전문 번역진이 참여한 번역 시리즈!
미국 하버드대학교와 컬럼비아대학교 동아시아학과, 캐나다 브리티시컬럼비아대학교 아시아
학과 등 해외 대학에서 교재로 채택!

바이링궐 에디션 한국 대표 소설 set 1

바이링궐 에디션 한국 대표 소설 set 2

바이링궐 에디션 한국 대표 소설 set 3

금기와 욕망 Taboo and Desire

바이링궐 에디션 한국 대표 소설 set 6

운명 Fate

미의 사제들 Aesthetic Priests

식민지의 벌거벗은 자들 The Naked in the Colony